Mille bravos pour Théo

Stéphane Marchand est né en 1961 à Lille. Il a suivi une formation d'édition avant de devenir journaliste. Pendant plusieurs années, il écrit pour le *Figaro* et le *Journal du dimanche* dans des rubriques diverses et variées. En 1989, il publie son premier roman. Dès lors, il décide de se consacrer à l'écriture. Il alterne romans pour adultes, publiés chez Mercure de France, et romans pour enfants, publiés par Flammarion et les magazines de Bayard Presse.

Yves Calarnou aime bricoler et s'amuser. Il fabrique toutes sortes de jouets pour son fils... et pour lui. Il fabrique même ses crayons ! Grand voyageur, il préfère dessiner les paysages qu'il admire plutôt que de les prendre en photo. Il travaille depuis des années pour l'édition, la presse et la publicité.

Du même illustrateur dans Bayard Poche :
Le petit monstre - Le premier Noël du Père Noël - La folle course de Maman Poule - Le gros chagrin d'Edgar (Les belles histoires)

Troisième édition

Dépôt légal : septembre 2003
Loi du 16 juillet 1949 sur les publications destinées à la jeunesse.

Mille bravos pour Théo

Une histoire écrite par Stéphane Marchand
illustrée par Yves Calarnou

mes premiers j'aime lire
BAYARD POCHE

Chapitre 1

Tout le monde regarde Théo dans la cour de l'école. C'est affreux ! Le petit Bébert ricane :

– Tu te crois aux sports d'hiver, Théo ?

Julie la chipie ajoute :

– Tu es tombé du téléski ? Hi, hi, hi ! J'espère que la neige est bonne.

Évidemment, au mois de juin, c'est bizarre de porter un anorak, une salopette et des chaussures de ski ! Si, au moins, on laissait le temps à Théo d'expliquer ce qui s'est passé ! Mais non !

Jean-René vient d'arriver à rollers. Il crie :

– N'oublie pas de faire du chasse-neige* en entrant dans la classe ! Ha, ha, ha !

* C'est une façon de tourner ou de s'arrêter avec les skis.

Maintenant, Théo est au fond de la classe et tout le monde s'agite.

Quand la maîtresse arrive, elle s'écrie :

– Mais enfin, c'est quoi, ce chahut ?

Bébert lève le doigt, et il dit :

– C'est Théo, Madame ! Il a mis ses chaussures de ski, mais il n'y a pas de neige.

Tout le monde rit. Théo est désespéré. Ce cauchemar va-t-il s'arrêter ? Enfin, la maîtresse demande le silence :

– Ça suffit, laissez Théo tranquille ! D'ailleurs, puisque vous faites les malins, ouvrez vos cahiers, et, hop ! au travail ! Écrivez-moi une petite histoire qui vous est arrivée. Vous êtes prêts ? Je reprends les cahiers tout à l'heure !

Chapitre 2

Voilà ! La maîtresse tape très fort sur son bureau avec sa grosse règle en fer. Heureusement, Théo vient juste de finir d'écrire son histoire. La maîtresse ramasse les cahiers à toute vitesse.

À la fin, elle demande :

– Qui veut aller au tableau pour lire son histoire ?

Tout le monde baisse le nez, Jean-René est penché comme un petit vieux sur sa table. On dirait presque qu'il va tomber dans son cartable.

Théo lève le doigt :

– Moi, je veux bien aller au tableau, Madame !

Tout le monde rit. La maîtresse lève sa grosse règle en fer comme une baguette magique :

– Le prochain qui se moque de Théo, je le télétransporte dans le bureau du directeur ! C'est compris ?

Malheur de malheur ! Personne n'a envie d'aller chez le directeur ! Il a une grosse voix spéciale pour mieux gronder les enfants. Chacun se tait pendant que Théo avance vers le tableau. C'est drôlement difficile de marcher avec des chaussures de ski quand il n'y a pas de neige. En plus, ça fait un bruit terrible.

Chapitre 3

Ça y est ! Théo arrive près du bureau de la maîtresse. On dirait un robot qui vient de poser un pied sur la planète Mars. D'abord, Théo rougit un peu, parce que tout le monde regarde ses chaussures de ski. Puis il commence à lire son histoire :

« Ce matin, je me réveille, la maison est toute vide. C'est affreux. Des voleurs sont venus pendant la nuit... »

Dans la classe, les élèves s'agitent. Bébert se frotte les mains :

– J'adore les histoires de voleurs ! Ça commence bien !

Théo n'est pas d'accord :

– En vrai, ça commençait mal ! Maman pleurait dans la cuisine. En plus, mon papa était parti au commissariat en pyjama...

Julie s'écrie :

– Pourquoi ? Il est somnambule*, ton père ? Ma sœur aussi, elle se lève en dormant.

Théo hausse les épaules :

– Mon papa n'est pas somnambule. Il voulait prévenir les policiers qu'on avait pris toutes nos affaires !

* Quand on est somnambule, on se lève et on marche la nuit pendant son sommeil.

Théo regarde son cahier, et il continue son histoire :

« J'avais trop honte de venir à l'école en pyjama. Alors, maman et moi, nous sommes descendus à la cave pour chercher des vêtements. Et voilà comment je me suis retrouvé à l'école en chaussures de ski. Après, on s'est moqué de moi. Mais là, ça va un petit peu mieux. »

Théo a terminé sa lecture. Toute la classe applaudit. Maintenant, plus personne n'a envie de se moquer de lui.

La maîtresse a presque les larmes aux yeux. Elle pose une main sur l'épaule de Théo et elle dit :

– Mille bravos pour Théo ! C'est une histoire intéressante, je suis fière de toi. En plus, c'est très courageux d'être venu à l'école en chaussures de ski.

Tout d'un coup, le directeur entre dans la classe. Les élèves tremblent en voyant sa grande bouche s'ouvrir.

Mais le directeur dit gentiment à Théo :
– Je viens de voir ton père en pyjama dans mon bureau. Tout va bien, la police a retrouvé les voleurs. Et moi, je te félicite, c'est courageux d'être venu à l'école en chaussures de ski. Mille bravos, Théo !

Théo est très fier. En plus, Julie vient de lui faire un grand sourire. Théo rougit comme une tomate, mais il se sent vraiment bien dans ses chaussures de ski.

Le drôle de magazine qui donne le goût de lire

- un roman inédit illustré
- des jeux pour s'amuser et être créatif
- la célèbre BD de Tom-Tom et Nana et bien d'autres surprises !

CHAPITRE 1

La forêt ensorcelée

Le prince Romuald est jeune, riche, beau. Il est surtout excellent chasseur !

Depuis ce matin, il galope sur son cheval à la poursuite d'un sanglier qui file à travers bois, à travers prés. À la fin de la journée, le sanglier disparaît sous les grands arbres d'une forêt. Cette forêt-là, personne n'y va jamais: les gens du pays disent qu'elle est ensorcelée.

Le 1er magazine des 7-10 ans

Disponible tous les mois chez votre marchand de journaux ou par abonnement.

Achevé d'imprimer en juillet 2004 par Oberthur Graphique
35000 RENNES – N° Impression : 5992
Imprimé en France

Achevé d'imprimer en juillet 2004 par Oberthur Graphique
35000 RENNES – N° Impression : 5992
Imprimé en France